POESIE

CARLO MICHELSTAEDTER

Texte et illustration de couverture : © domaine public
Edition : Culturea (Hérault, 34)
Contact : infos@culturea.fr
Retrouvez notre catalogue sur http://culturea.fr
Imprimé en Allemagne par Books on Demand
Design typographique : Derek Murphy
Layout : Reedsy (https://reedsy.com/)

Dépôt légal : janvier 2023

ISBN : 9791041843213

Se camminando vado solitario

per campagne deserte e abbandonate

se parlo con gli amici, di risate

ebbri, e di vita,

se studio, o sogno, se lavoro o rido

o se uno slancio d'arte mi trasporta

se miro la natura ora risorta

a vita nuova,

Te sola, del mio cor dominatrice

te sola penso, a te freme ogni fibra

a te il pensiero unicamente vibra

a te adorata.

A te mi spinge con crescente furia

una forza che pria non m'era nota,

senza di te la vita mi par vuota

triste ed oscura.

Ogni energia latente in me si sveglia

all'appello possente dell'amore,

vorrei che tu vedessi entro al mio cuore

la fiamma ardente.

Vorrei levarmi verso l'infinito

etere e a lui gridar la mia passione,

vorrei comunicar la ribellione

all'universo.

Vorrei che la natura palpitasse

del palpito che l'animo mi scuote...

vorrei che nelle tue pupille immote

splendesse amore. -

Ma dimmi, perché sfuggi tu il mio sguardo

fanciulla? O tu non lo comprendi ancora

il fuoco che possente mi divora?...

e tu l'accendi...

Non trovo pace che se a te vicino:

io ti vorrei seguir per ogni dove

e bever l'aria che da te si muove

né mai lasciarti. -

31 marzo 1905

* * *

Poiché il dolore l'animo m'infranse

per me non ebbe più la vita un fiore...

e pure inconscio iva cercando amore

l'animo offeso.

Ahi ti vidi e a te il pensier rivolsi

a te che pura sei siccome un giglio...

... Le lacrime mi sgorgano dal ciglio

invirilmente.

Oh mia fanciulla, oh tu non hai compreso

di quanto amore io t'ami. Ed un dolore

nuovo, più intenso mi attanaglia il cuore

che tu feristi.

Se m'ami Elsa a che mi fai soffrire?

Tu della vita mia unico raggio

tu che sola m'infondi quel coraggio

che mi fa vivo!

Lo sguardo mio non t'ha saputo dire

non t'han saputo dir le mie parole

quello che dice all'universo il sole,

amore! amore!?

3 aprile 1905

ALBA. IL CANTO DEL GALLO

Salve, o vita! dal cielo illuminato

dai primi raggi del sorgente sole

all'azzurra campagna!

Salve, o vita! potenza misteriosa

fiume selvaggio, poderoso eterno

ragione e forza a tutto l'universo

salve o superba!

Te nel silenzio gravido di suoni

te nel piano profondo o palpitante

cui nuovi germi agitano il seno

te nel canto lontano degli uccelli

nel frusciar delle nascenti piante;

te nell'astro che sorge trionfante

ed in fra muti sconsolati avelli

sento vibrare

E ribollir ti sento nel mio sangue

mentre il sole m'illumina la faccia

e dalle labbra mi prorompe il grido:

viva la vita!

1° giugno 1905

LA NOTTE

Tace la notte intorno a me solenne
le ore vanno e sfilan le memorie
siccome un nero e funebre convoglio.

Del cielo nelle oscurità remote
nell'ombra amica che con man soave
le grevi forme della chiesa lambe,
nell'ombra amica che gl'uomini culla
col lento canto della pace eterna
vedo di forme strane scatenarsi
una ridda veloce e affascinante
vedo la mente umana abbacinata
chinar la fronte...

Ma il mio pensiero innalzasi sdegnoso
e squarcia il manto della notte bruna
libero, e vola, -
vola alla luce pura trionfante
vola al sole del vero, dove i forti
stan combattendo l'immortale agone
cinti le terapie d'agili corone,
vola esultante.

La scuola è finita!

È giunta l'ora del distacco, è giunta;

io vi lascio sedili riscaldati

aule sapienti portici affollati

ora e per sempre!

Ansie e battaglie e faticose veglie

liete sconfitte e facili vittorie

e voi quaderni carchi di memorie

io v'abbandono.

Libero sono dalla tirannia

d'ogni minuto; sono rotti i ceppi

che per lunghi anni rallentar non seppi.

Libero sono!

Libero, e innanzi a me s'apre la vita

con gli orizzonti vasti ed intentati

e coi premi lontani ed agognati

nei sogni antichi.

Freme nel petto l'animo convulso:

sete di gloria e sete di sapere

desiderio d'azione e di piacere

in me ribolle.

In un amplesso solo poderoso

vorrei legare a me tutta la terra

vincere il fato e la fortuna ch'erra

cieca nel mondo.

* * *

Ma un brivido mi corre per le membra,
la vita è fredda e piena di sgomento,
triste isolato debole mi sento
vo' ritornare.

Vo' ritornare ai banchi della scuola
alla diuturna noia, alle catene
a quel fetore che facea sì bene,
ai professori.

Amici, or vedo quanto abbiam perduto;
della nostra esistenza, calda un'onda
nel buio del passato si sprofonda
inesorato.

Con quel legame che ci die' comuni
ore di gioia ed ore di sconforto
anche un periodo della vita è morto
in quest'istante.

Ma non dobbiam però chinar la fronte.
Col ferro in pugno verso l'ideale
ci batterem con animo leale!
In alto i cuori!

E se fra le battaglie della vita

saremo vinti forse, da lontano

ci volgeremo a stringerci la mano

... addio compagni!

Gorizia, 25 giugno 1905

Sibila il legno nel camino antico

e par che tristi rimembranze chiami

mentre filtra sottil pei suoi forami

vena di fumo.

O caminetto antico quanto è triste

che nella nera bocca tua rimanga

la legna che non arde e par che pianga

di desiderio,

ma dal profondo della sua poltrona

socchiusi gli occhi, il biondo capo chino

stese le mani al fuoco del camino

Nadia ride.

I

Cade la pioggia triste senza posa

a stilla a stilla

e si dissolve. Trema

la luce d'ogni cosa. Ed ogni cosa

sembra che debba

nell'ombra densa dileguare e quasi

nebbia bianchiccia perdersi e morire

mentre filtri voluttuosamente

oltre i diafani fili di pioggia

come lame d'acciaio vibranti.

Così l'anima mia si discolora

e si dissolve indefinitamente

che fra le tenui spire l'universo

volle abbracciare.

Ahi! che svanita come nebbia bianca

nell'ombra folta della notte eterna

è la natura e l'anima smarrita

palpita e soffre orribilmente sola

sola e cerca l'oblio.

II

«Guardi dove cammina! o 'che 'gli è cieco?».

M'erutta in faccia con fetor di vino

un popolano dondolando l'anca.

In vasta curva costeggiando il fiume

tremola ancor la luce dei fanali

e l'Arno scorre sonnacchioso e grigio,

l'acque melmose.

Spicca dei colli ancor la massa oscura

e San Miniato avvolto nella nebbia

ombra nell'ombra, -

fiaccola rossa dai camini neri

batte nell'aria, e l'alito affannoso

ferve di vita.

E risponde dall'anima mia triste

un'ansiosa brama di vittoria

ed un bisogno amaro di carezze:

forza incosciente - fiaccola fumosa.

III

O vita, o vita ancor mi tieni, indarno

l'anima si divincola, ed indarno

cerca di penetrar il tuo mistero

cerca abbracciare in un amplesso immenso

ogni tuo aspetto. -

Amore e morte, l'universo e '1 nulla

necessità crudele della vita

tu mi rifiuti.

Febbraio 1907

I

A che mi guardi fanciulla con gli occhi pieni di luce,

con gli occhi azzurri profondi ed al volto ti sale una fiamma?

Non ha sole la mia giovinezza, non conta gli anni il mio core

l'anima mia dolorosa non sa le primavere.

Fanciulla perché ti soffermi? perché t'avvicini al mio core?

perché o fanciulla l'avvolgi nel fuoco tuo giovanile?

Fanciulla è freddo il mio core, è freddo il mio core e lontano,

non sente l'alito ardente della tua giovane vita.

II

Quando pei blandi tramonti, per gli ampi meriggi infocati

sui pallidi volti sussurra amor violente lusinghe,

e quando maggio riarde il petto all'uomo che vive

il core mio tace o fanciulla. -

E quando pel fosco piano cui plumbeo il cielo incombe

divampa la fiamma ribelle sospinta dal vento dell'odio

dell'odio doloroso delle moltitudini vinte

ed arde ogni giovane core e piange nell'aria fumosa

lo spasimo disperato, e suona l'urlo più alto

quando frementi si tendono gli archi di tutte le vite

esso tace o fanciulla.

E quando la mamma mi trae dalle aride ciglia una stilla

e quando la morte mi tocca, mi stringe il core convulso

e caldo m'ottenebra gli occhi il sangue di quanti ho amato

esso tace ancora o fanciulla.

E quando m'irride la folla e quando m'innalza la lode

e quando sfacciata mi sento la forza dei giovani anni

il cor mio tace o fanciulla un superbo infinito silenzio.

Pasqua 1907

15

Senti Iolanda come è triste il sole
e come stride l'alito del vento -
passa radendo i vertici fioriti
un nembo irresistibile.

Senti, è sinistro il grido degli uccelli
vedi che oscura è l'aria
ed è fuliggine
nel raggio d'ogni luce e dal profondo
sembra levarsi tutto quanto è triste
e doloroso nel passato e tutte
le forze brute in fremito ribelle
contaminarsi irreparabilmente.

Scompose il nembo irreparabilmente
il tuo sorriso,
Iolanda, e mi percorse
con ignoto terrore il core altero. -
Che è questo che s'attarda insidioso
nel nostro sguardo allor che senza fine
immoto intenso dalle nere ciglia
arde di vicendevole calore?
Perché di fosca fiamma la pupilla
s'accende nel languore disperato?
Perché non ride amore
come rideva amico nelle tenui
sere di maggio?
È più forte, più forte
questa torbida fiamma di desio
e mentre tutto intorno a me precipita

mentre crolla nel vortice funesto

ogni affetto, ogni fede, ogni speranza

sbatte le rosse lingue e s'attorciglia

inestinguibile.

E più, e più, e più nel cielo tumido

arde l'ansia selvaggia e dolorosa

purché io sugga dai tuoi occhi il fascino

purché io senta le tue mani fremere

purché io colga alla tua bocca fervida

la voluttà infinita del tuo bacio

Ïolanda, e l'ebbrezza infinita. -

Giugno 1907

Che ti valse la forte speranza, che ti valse la fede che non crolla

che ti valse la dura disciplina, l'ansia che t'arse il core

o mortale che chiedi la tua sorte, se dopo il tormento diuturno

se dopo la rinuncia estrema - non muore la brama insaziata

la forza bruta e selvaggia, se ancora nel tedio muto

insiste e vivo ti tiene; - perché tu senta la morte

tua ogni istante nell'ora che lenta scorre e mai finita

perché tu speri disperando e attenda ciò che non può venire

perché il dolore cieco più forte sia del dolore che vide

la stessa vanità di sé stesso? - Tu sei come colui nella notte

vide l'oscurità vana ed attese da dio chiedendo la divina luce

e d'ora in ora il fiero cuor nutrendo

di più forte volere e la speranza

esaltando più viva, quando il giorno

con la luce pietosa

alla vita mortale

ogni cosa mortale riadulava

non ei si scosse che con l'occhio fiso

vedeva pur la notte senza stelle. -

Come il tuo corpo che il sole accarezza

gode ed accoglie avido la luce

perché non anche l'animo rivolgi

ai lieti e cari giochi? Vedi intorno

fin dove giunge il guardo, la campagna

ride alla luce amica

Amico - mi circonda il vasto mare

con mille luci - io guardo all'orizzonte

dove il cielo ed il mare

lor vita fondon infinitamente. -

Ma altrove la natura aneddotizza

la terra spiega le sue lunghe dita

ed il sole racconta a forti tratti

le coste cui il mare rode ai piedi

ed i verdi vigneti su coronano.

E giù: alle coste in seno accende il sole

bianchi paesi intorno ai campanili

e giù nel mare bianche vele erranti

alla ventura. -

A me d'accanto, sullo stesso scoglio

sta la fanciulla e vibra come un'alga,

siccome un'alga all'onda varia e infida

φιλοβαθεία. -

S'avviva al sole il bronzo dei capelli

ed i suoi occhi di colomba tremuli

guardano il mare e guardano la costa

illuminata. -

Ma sotto il velo dell'aria serena

sente il mistero eterno d'ogni cosa

costretta a divenire senza posa

nell'infinito.

Sente nel sol la voce dolorosa

dell'universo, - e l'abisso l'attira

l'agita con un brivido d'orrore

siccome l'onda suol l'alga marina

che le tenaci aggrappa

radici nell'abisso e ride al sole. -

Amico io guardo ancora all'orizzonte

dove il cielo ed il mare

la vita fondon infinitamente.

Guardo e chiedo la vita

la vita della mia forza selvaggia

perch'io plasmi il mio mondo e perché il sole

di me possa narrar l'ombra e le luci -

la vita che mi dia pace sicura

nella pienezza dell'essere.

E gli occhi tremuli della colomba

vedranno nella gioia e nella pace

l'abisso della mia forza selvaggia -

e le onde varie della mia esistenza

l'agiteranno or lievi or tempestose

come l'onda del mar l'alga marina

che le tenaci aggrappa

radici nell'abisso e ride al sole. -

PIRANO, AGOSTO 1908

Il canto delle crisalidi

Vita, morte,

la vita nella morte;

morte, vita,

la morte nella vita.

Noi col filo

col filo della vita

nostra sorte

filammo a questa morte.

E più forte

è il sogno della vita -

se la morte

a vivere ci aita

ma la vita

la vita non è vita

se la morte

la morte è nella vita

e la morte

morte non è finita

se più forte

per lei vive la vita.

Ma se vita

sarà la nostra morte

nella vita

viviam solo la morte

morte, vita,

la morte nella vita;

vita, morte,

la vita nella morte. -

DICEMBRE

Scende e sale senza posa
nebbia e pioggia greve e scura,
nella nebbia la natura
si distende accidiosa.

Goccia, goccia lieve chiara
va sicura al suo destin
scende e spera, e vanno a gara
altre gocce senza fin.

Giù l'attende terra molle
dove all'altre unita va
a formar le pozze putride
per i campi e le città.

Nella pozza riflettete
gocce unite in società
grigio in grigio terra e cielo
per i campi e le città.

Ma la noia il disinganno
fa le gocce sollevar
ed il bene che non sanno
van col vento a ricercar.

Dalle pozze dalle valli
sale il velo e in alto va,
non ha forma né colore

l'affannosa umidità.

Nella nebbia la natura
si distende accidiosa,
scende e sale senza posa
pioggia e nebbia fastidiosa.

Vigilia di Natale 1909

NOSTALGIA

Ma un vento lieto giù dalla montagna

invade la natura senza luce

che per pioggia e per nebbia si dissolve

e delle nubi oscure la continua

trama dirompe, e la diffusa nebbia

leva ed in lembi bianchi la sospinge

giocosamente;

e ride il sole volto ad occidente

ed i monti lontani e le colline

boscose e la pianura

risuscita ugualmente illuminando

nella lor gloria varia

delle ben note forme all'abitante.

Ma splendono più chiare e più serene

festevolmente,

poiché più luminosi si rimandan

i generosi a lor raggi del sole.

Riluce il monte e il piano

e il ciel riluce

di verde luce presso all'orizzonte,

e in alto nell'azzurro

l'ultime nubi fuggono ed il sole

con lieto riso

tinge di rosa gli orli alle fuggenti.

Ahi! come tutta la natura in breve

si rasserena

nella pacata luce,

e la pena passata e il lungo tedio

dei giorni grigi oblia: ché solo a gioco

s'era offuscata: ed or con nuovo gioco

si rinnovella

e rifulge più pura.

Ma il cor mi punge con tristezza amara

che il dì ripensa della gioia

e l'alba luminosa e la speranza

folle e sicura, quando

con lieto viso incontro al nuovo sole

levai il primo canto, e la sua luce

era certa promessa alla mia speme

- e le dolci figure del mio sogno

che appena avvicinate dileguaro

tristi, perch'io ver lor fervidamente

mi protendessi

e in me le volessi, me stesso in loro

tutto esaurire.

Voler e non voler per più volere

mi trattenne sull'orlo della vita

ad angosciarmi in aspettar mia volta

ed ai giucchi d'amore ed alle imprese

giovanili mi fece disdegnoso.

- A qual pro? Ma alla veglia dolorosa

una fiamma splendeva e la nutriva

una speme più forte.

Ché se al lieto commercio e del piacere

al giocondo convito l'imperioso

battere mi togliea del mio volere

impaziente, e mi togliea '1 fatale

precipitar dell'ora, nel futuro

pur m'indicava la mia ferma fede

un giorno ed una gioia senza fine

e l'affrettava.

Ahi, quanto pur m'illuse la mortal

mia vista che di fuor ci finge certo

quanto ci manca sol perché ci manca -

«vuoto il presente, vuoto nel futuro

senza confini ogni presente, placa

il voler tuo affannoso!

non chieder più che non possa natura!».

Ma il cor vive, e vuole, e chiede e aspetta

pur senza speme, aspetta e giorno ed ora

e giorno ed ora né sa che s'aspetta

e inesorabilmente

passano l'ore lente.

Così è fuggita e fugge giovinezza

ed i miei sogni e la speranza antica

nel mio cupo aspettar ancor ritrovo

insoddisfatti.

Che mi giova o natura luminosa

l'armonia del tuo gioco senza cure?

Ahi, chi il tuo ritmo volle preoccupare

rientrar non può nei tuoi eterni giri

ad ozïare

nel lavoro giocondo ed oblioso.

È suo destino attender senza speme

né mutamento,

vegliando, il passar de l'ore lente.

Dicembre 1909

(antivigilia dell'anno nuovo)

MARZO

Marzo ventoso
mese adolescente
marzo luminoso
marzo impenitente.

Marzo che fai tuoi giochi
con le nuvole in alto
e con l'ombra e le luci
dài mutevol risalto
alla terra stupita

alla terra intorpidita,
mentre dal seno le strappi
e le primole e le rose
e fresch'acque rigogliose
lieto fai rigorgogliare.

Ed il passero riscuoti
con la tua folle ventata
nella sua grondaia secca
nella siepe denudata.

Spazzi i portici e le calli
e la nebbia nelle valli
e la polvere degli avi
e i propositi dei savi
rompi e l'ombra delle chiese.

Ed il pavido borghese

che nell'essa porta il gelo

dell'inverno trapassato

e col corpo imbarazzato

geme il reuma ed il torpore,

che nel volto porta il velo

della noia ed il pallore

della diuturna morte,

si rinchiude frettoloso

si rinvoltola accidioso

e rincardina le porte.

Se lo scuoti e lo palesi,

marzo giovane pazzia,

la sua trista nostalgia

sogna il sonno di sei mesi.

Ei ti teme, dolce frate

marzo, terrore giocoso

ma tu passi vittorioso

sbatti gli usci e le impannate

con le tue folli ventate.

E la densa polve sveli

nel tuo raggio popolato

e sul legno affumicato

i vetusti ragnateli.

Poich'il termine al riposo

canti, marzo adolescente,

t'odia questa buona gente,

marzo luminoso.

Ma se t'odiano addormiti

nelle coltri riscaldate

ed i passeri impauriti

nelle siepi denudate,

t'ama il falco su nell'aria

che più agile si libra

nella tua ventata varia

e la sente in ogni fibra

lieto nella tua procella,

ché per lei si fa più bella

ché per lei si fa più pura

ai suoi occhi la natura.

Marzo mese luminoso

marzo adolescente

marzo mese irriverente

marzo ventoso.

1° marzo 1910

APRILE

Che più d'un giorno è la vita mortale?
Nubil'e brev'e freddo e pien di noia,
die pò bella parer ma nulla vale.
PETRARCA, Triumphus Temporis

Il brivido invernale e il dubbio cielo
e i nembi oscuri che al novello amore
han fatto schermo della terra antica
dispersi a un tratto, al sol ride la terra
che d'erbe e fiori ancor s'è ricoperta
- se pur il ciel di nubi ancora svarii,
onde occhieggian le stelle nelle notti,
e nere fra il lor vario scintillare
traggan le lunghe dita pel sereno
che al piano oscuro ed ai profili neri
degli alberi dei monti si congiungono.
Ma nel cielo e nel piano, ma nell'aria,
ma nello sguardo della tua compagna
e nel pallido viso,
ma nel tuo corpo, ma per la tua bocca
canta ciò che non sai: la primavera.

Così mi tragge a me stesso diverso
e amor m'induce e desiderio, ancora
ch'io non sappia per che, pur fiduciosi.
Ché pur in me natura si nasconde
insidiosa e ignaro me sospinge.
Ahi, che mi vale, se pur fugge l'ora

e mi toglie da me sì ch'io non possa

saziar la mia fame ora qui tutta?

Ma solo e miserabile mi struggo

lontano e solo, anco s'a te vicino

parlo ed ascolto, o mia sola compagna.

Mentre di tra le dita delle nubi

a che occhieggian le stelle nel sereno?

Già trapassa la notte e nuove fiamme

leverà il sole ch'ei rispenga tosto:

passano i giorni e già sarà qui 'l verno

e il sol sorgendo pallido e incurante

farà fiorire il fango per le strade.

A che occhieggian le stelle nel sereno?

Qui bulica la terra e qui si muore,

cantano i galli e stridon le civette.

O gioia del novello nascimento,

o nuovo amore e antico!

O vita, chi ti vive e chi ti gode

che per te nasce e vive ed ama e muore?

Ma ogni cosa sospingi senza posa

che la tua fame tiene, e che nel vario

desiderar continua si trasmuta.

Di sé ignara e del mondo desiosa

si volge a questo e a quello che nemico

le amica il vicendevole disio,

nemica a quelli pur quando li ami

e ancora a sé per più voler nemica.

Così nel giorno grigio si continua

ogni cosa che nasce moritura,

che in vari aspetti pur la vita tiene -

ed il tempo travolge - e mentre viva

vivendo muor la diuturna morte.

Ed ancor io così perennemente

e vivo e mi tramuto e mi dissolvo

e mentre assisto al mio dissolvimento

ad ogni istante soffro la mia morte.

E così attendo la mia primavera

una ed intera ed una gioia e un sole.

Voglio e non posso e spero senza fede.

Ahi, non c'è sole a romper questa nebbia,

ma senza fine e senza mutamento

sta in ogni tempo intero ed infinito

l'indifferente tramutar del tutto.

Pur tu permani, o morte, e tu m'attendi

o sano o tristo, ferma ed immutata,

morte benevolo porto sicuro.

Che ai vivi morti quando pur sia vano

quanto la vita il pallido tuo aspetto

e se morir non sia che continuar

la nebbia maledetta

e l'affanno agli schiavi della vita -

- purché alla mia pupilla questa luce

che pur guarda la tenebra si spenga

e più non sappia questo ch'ora soffro

vano tormento senza via né speme,

tu mi sei cara mille volte, o morte,

che il sonno verserai senza risveglio

su quest'occhio che sa di non vedere,

sì che l'oscurità per me sia spenta.

Notte 16-17 aprile 1910

GIUGNO

Tutta la forza dal tuo seno, o terra,

il sole ha tratto che salendo avvampa,

e l'estate trionfa.

Due volte l'erba ti recise avaro

il prudente bifolco, e già le fronde

onde tutta t'ammanti,

per il continuo ardor si fan perdute.

Ed alla notte gli astri all'orizzonte

per i vapor rosseggiano più grandi

quasi la vita per più forza gravi

come un'aura di morte.

Ma se i fiori onde prossima l'aurora

del giorno estremo

anelava l'adolescente Aprile

vento estivo ha dispersi,

sotto le fronde si matura il frutto

e il bifolco gioisce.

Ahi, la promessa della primavera

in questo picciol frutto si rinserra

ed il tempo procede per il giro

d'altri inverni e di nuove primavere.

Ma alla notte sui vertici ricolmi

passa il nembo e pel cielo s'accavalla

la nera massa delle nubi, e lungi

livida luce rompe la tenèbra

e pei piani rivela in nuovo aspetto

messi ondeggianti ed alberi ricurvi

e pei monti corruschi nuove forme

ed in cielo più mondi e nuova vita

ogni volta diversa, mentre lungi

nuova voce rimbomba e intorno e in alto

si spande e ancor dai monti riecheggia.

E a destra e a manca e presso e da lontano

riappar la nuova luce, e come il cielo

nel diverso bagliore si trasmuta,

così la terra la livida faccia

in nuova congiunzion sembra mutare,

mentre presso e lontano, oscuro o chiaro

romba il nuovo fragore senza posa.

Qual nuova speme, anima solitaria,

qual si ridesta

al diffuso baglior speme sopita?

Dal diffuso baglior verrà la Luce

mai veduta? e dal rombo vorticoso

la Voce squillerà che non udisti?

Ecco la terra ancora si congiunge

coi nuovi mondi in alto,

e la striscia di fuoco ecco dirompe

la tenebra, ed io stesso abbacinato

nel vortice di fuoco sono avvolto.

Sospesa a quella luce è la mia vita

un attimo od un tempo senza fine,

che fra il lampo ed il tuono non si vive.

- Ora scoppia la vita e s'apre il frutto

del mio tanto aspettar, ora la gioia

intera e il possesso dell'universo,

ora la libertà ch'io non conosco,

ora il Dio si rivela, ora è la fine.

Ma scroscia il tuono che m'assorda... io vivo

e famelico aspetto ancor la vita.

Altri lampi, altri tuoni, ed il mistero

in benefica pioggia si dissolve.

RISVEGLIO

Giaccio fra l'erbe

sulla schiena del monte, e beve il sole

il mio corpo che il vento m'accarezza

e sfiorano il mio capo i fiori e l'erbe

ch'agita il vento

e lo sciame ronzante degli insetti. -

Delle rondini il volo affaccendato

segna di curve rotte il cielo azzurro

e trae nell'alto vasti cerchi il largo

volo dei falchi...

Vita?! Vita?! qui l'erbe, qui la terra,

qui il vento, qui gl'insetti, qui gli uccelli,

e pur fra questi sente vede gode

sta sotto il vento a farsi vellicare

sta sotto il sole a suggere il calore

sta sotto il cielo sulla buona terra

questo ch'io chiamo «io», ma ch'io non sono.

No, non son questo corpo, queste membra

prostrate qui fra l'erbe sulla terra,

più ch'io non sia gli insetti o l'erbe o i fiori

o i falchi su nell'aria o il vento o il sole.

Io son solo, lontano, io son diverso -

altro sole, altro vento e più superbo

volo per altri cieli è la mia vita...

Ma ora qui che aspetto, e la mia vita

perché non vive, perché non avviene?

Che è questa luce, che è questo calore,

questo ronzar confuso, questa terra,

questo cielo che incombe? M'è straniero

l'aspetto d'ogni cosa, m'è nemica

questa natura! basta! voglio uscire

da questa trama d'incubi! la vita!

la mia vita! il mio sole!

Ma pel cielo

montan le nubi su dall'orizzonte,

già lambiscono il sole, già alla terra

invidiano la luce ed il calore.

Un brivido percorre la natura

e rigido mi corre per le membra

al soffiare del vento. Ma che faccio

schiacciato sulla terra qui fra l'erbe?

Ora mi levo, che ora ho un fine certo,

ora ho freddo, ora ho fame, ora m'affretto,

ora so la mia vita,

che la stessa ignoranza m'è sapere -

la natura inimica ora m'è cara

che mi darà riparo e nutrimento,

ora vado a ronzar come gl'insetti. -

SUL S. VALENTIN, GIUGNO 1910

[ALLA SORELLA PAULA]

Come le rondinelle anno per anno

tornano al nido che le vide implumi,

così l'uomo nel giro dei suoi giorni

torna e ritorna al pensier della culla.

Ed ogni anno quel dì rifesteggiando

che alla fame, alla sete, che al dolore,

che alla vita mortale l'ha svegliato,

ogni anno in quel dì si riconforta

ad amar la sua vita.

E i parenti - che allor nel neonato,

nella creatura fragile impotente,

della speranza lor videro il frutto,

e con pavido amore a lui porgendo

quanto la vita dona a chi la chiede

del suo pianto si fecer velo agli occhi,

confidando che vesti e nutrimento

gli potessero far viver la vita,

- anno per anno poi rinnovellando

la speranza lontana ed il dolore

si fanno velo ancora agli occhi stanchi,

grazie porgendo a lui dell'esser nato,

perch'ei sia grato a lor della sua vita,

perché il muto dolore sia obliato

e la promessa vana ogni presente.

Ma l'augurio che ciò ch'ei mai non ebbe

pur un istante

promette in lunghi anni luminosi

dia la sua luce presa dal futuro

al giorno natalizio, e l'illusione

moltiplicando gli finga la fame

esser un bene e vita sufficiente

la diuturna morte.

E baci e doni e la mensa imbandita,

dolci parole in copia e dolci cose,

liete promesse e guardi fiduciosi

faccian chiara la stanza famigliare

facciano schermo alla notte paurosa...

Paula, non ti so dir dolci parole,

cose non so che possan esser care,

poiché il muto dolore a me ha parlato

e m'ha narrato quello che ogni cuore

soffre e non sa - che a sé non lo confessa.

Ed oltre il vetro della chiara stanza

che le consuete imagini riflette

vedo l'oscurità pur minacciosa

- e sostare non posso nel deserto.

Lasciami andare, Paula, nella notte

a crearmi la luce da me stesso,

lasciami andar oltre il deserto, al mare

perch'io ti porti il dono luminoso

... molto più che non credi mi sei cara.

2 agosto 1910

Onda per onda batte sullo scoglio
- passan le vele bianche all'orizzonte;
monta rimonta, or dolce or tempestosa
l'agitata marea senza riposo.
Ma onda e sole e vento e vele e scogli,
questa è la terra, quello l'orizzonte
del mar lontano, il mar senza confini.
Non è il libero mare senza sponde,
il mare dove l'onda non arriva,
il mare che da sé genera il vento,
manda la luce e in seno la riprende,
il mar che di sua vita mille vite
suscita e cresce in una sola vita.

Ahi, non c'è mare cui presso o lontano
varia sponda non gravi, e vario vento
non tolga dalla solitaria pace,
mare non è che non sia un dei mari.
Anche il mare è un deserto senza vita,
arido triste fermo affaticato.
Ed il giro dei giorni e delle lune,
il variar dei venti e delle coste,
il vario giogo sì lo lega e preme
- il mar che non è mare s'anche è mare.
Ritrova il vento l'onda affaticata,
e la mia chiglia solca il vecchio solco.
E se fra il vento e il mare la mia mano
regge il timone e dirizza la vela,
non è più la mia mano che la mano
di quel vento e quell'onda che non posa...

Ché senza posa come batte l'onda

ché senza posa come vola il nembo,

sì la travaglia l'anima solitaria

a varcar nuove onde, e senza fine

nuovi confini sotto nuove stelle

fingere all'occhio fisso all'orizzonte,

dove per tramontar pur sorga il sole.

Al mio sole, al mio mar per queste strade

della terra o del mar mi volgo invano,

vana è la pena e vana la speranza,

tutta è la vita arida e deserta,

finché in un punto si raccolga in porto,

di sé stessa in un punto faccia fiamma.

Pirano, agosto 1910

Ognuno vede quanto l'altro falla

quando crede passar filo per cruna,

pur spera ognuno d'infilar sua cruna,

né perché più s'avveda dell'inganno

meno ritenta ancora la fortuna.

Che tale è la sua sorte:

col suo filo sperar vita tramare

e con la speme giungere alla morte.

Non è la patria

il comodo giaciglio

per la cura e la noia e la stanchezza;

ma nel suo petto, ma pel suo periglio

chi ne voglia parlar

deve crearla. -

È il piacere un dio pudico,

fugge da chi l'invocò;

ai piaceri egli è nemico,

fugge da chi lo cercò.

Egli ama quei che non lo invoca,

egli ama quei che non lo sa;

e dona la sua luce fioca

a chi per altra luce va. -

Chi lo cerca non lo trova,

chi lo trova non lo sa;

il suo nome mette a prova

questa fiacca umanità. -

È il piacere l'Iddio pudico

ch'ama quello che non lo sa:

se lo cerchi se' già mendico,

t'ha già vinto l'oscurità. -

Per ora a bordo non è lavorare

che inerte pende la vela

e il vento tace sul mare

e il mar è a specchio del cielo

Per ora - a bordo non è lavorare

A sera il sole calerà nel mare

che senza nubi è il cielo

e giù ai confini del mare

l'orizzonte è senza velo

A sera - il sole calerà nel mare

Oggi sul ponte dolce riposare

che senza moto la nave

riposa il riposo del mare

e non si può camminare

Oggi sul ponte dolce riposare

Sola sul dorso del mare

nel mezzo del cerchio lontano

sta sotto il ciel meridiano

la nave a galleggiare

[I FIGLI DEL MARE]

Dalla pace del mare lontano

dalle verdi trasparenze dell'onde

dalle lucenti grotte profonde

dal silenzio senza richiami -

Itti e Senia dal regno del mare

sul suolo triste sotto il sole avaro

Itti e Senia si risvegliaro

dei mortali a vivere la morte.

Fra le grigie lagune palustri

al vario trasmutar senza riposo

al faticare sordo ansioso

per le umide vie ritorte

alle mille voci d'affanno

ai mille fantasmi di gioia

alla sete alla fame allo spavento

all'inconfessato tormento -

alla cura che pensa il domani

che all'ieri aggrappa le mani

che ognor paventa il presente più forte

al vano terrore della morte

fra i mortali ricurvi alla terra

Itti e Senia i principi del mare

sul suolo triste sotto il sole avaro

Itti e Senia si risvegliaro. -

Ebbero padre ed ebbero madre

e fratelli ed amici e parenti

e conobbero i dolci sentimenti

la pietà e gli affetti e il pudore

e conobbero le parole

che conviene venerare

Itti e Senia i figli del mare

e credettero d'amare.

E lontani dal loro mare

sotto il pallido sole avaro

per il dovere facile ed amaro

impararono a camminare.

Impararono a camminare

per le vie che la siepe rinserra

e stretti alle bisogna della terra

si curvarono a faticare.

Sulle pallide facce il timore

delle piccole cose umane

e le tante speranze vane

e l'ansia che stringe il core.

Ma nel fondo dell'occhio nero

pur viveva il lontano dolore

e parlava la voce del mistero

per l'ignoto lontano amore.

E una sera alla sponda sonante

quando il sole calava nel mare

e gli uomini cercavano riposo

al lor ozio laborioso

Itti e Senia alla sponda del mare

l'anima solitaria al suono dell'onde

per le sue corde più profonde

intendevano vibrare.

E la vasta voce del mare

al loro cuore soffocato

lontane suscitava ignote voci,

altra patria altra casa un altro altare

un'altra pace nel lontano mare.

Si sentirono soli ed estrani

nelle tristi dimore dell'uomo

si sentirono più lontani

fra le cose più dolci e care.

E bevendo lo sguardo oscuro

l'uno all'altra dall'occhio nero

videro la fiamma del mistero

per doppia face battere più forte.

Senia disse: «Vorrei morire»

e mirava l'ultimo sole.

Itti tacque, che dalla morte

nuova vita vedeva salire.

E scorrendo l'occhio lontano

sulle sponde che serrano il mare

sulle case tristi ammucchiate

dalle trepide cure avare

«Questo è morte, Senia» - egli disse -

«questa triste nebbia oscura

dove geme la torbida luce

dell'angoscia, della paura.

Altra voce dal profondo

ho sentito risonare

altra luce e più giocondo

ho veduto un altro mare.

Vedo il mar senza confini

senza sponde faticate

vedo l'onde illuminate

che carena non varcò.

Vedo il sole che non cala

lento e stanco a sera in mare

ma la luce sfolgorare

vedo sopra il vasto mar.

Senia, il porto non è la terra

dove a ogni brivido del mare

corre pavido a riparare

la stanca vita il pescator.

Senia, il porto è la furia del mare,

è la furia del nembo più forte,

quando libera ride la morte

a chi libero la sfidò».

Così disse nell'ora del vespro

Itti a Senia con voce lontana;

dalla torre batteva la campana

del domestico focolare:

«Ritornate alle case tranquille

alla pace del tetto sicuro,

che cercate un cammino più duro?

che volete dal perfido mare?

Passa la gioia, passa il dolore,

accettate la vostra sorte,

ogni cosa che vive muore

e nessuna cosa vince la morte.

Ritornate alla via consueta

e godete di ciò che v'è dato:

non v'è un fine, non v'è una meta

per chi è preda del passato.

Ritornate al noto giaciglio

alle dolci e care cose

ritornate alle mani amorose

allo sguardo che trema per voi

a coloro che il primo passo

vi mossero e il primo accento,

che vi diedero il nutrimento

che vi crebbe le membra e il cor.

Adattatevi, ritornate,

siate utili a chi vi ama

e spegnete l'infausta brama

che vi trae dal retto sentier.

Passa la gioia, passa il dolore,

accettate la vostra sorte,

ogni cosa che vive muore

nessuna forza vince la morte».

Soffocata nell'onda sonora

con l'anima gonfia di pianto

ascoltava l'eco del canto

nell'oscurità del cor,

e con l'occhio all'orizzonte

dove il ciel si fondeva col mare

si sentiva vacillare

Senia, e disse: «Vorrei morire».

Ma più forte sullo scoglio

l'onda lontana s'infranse

e nel fondo una nota pianse

pei perduti figli del mare.

«No, la morte non è abbandono»

disse Itti con voce più forte

«ma è il coraggio della morte

onde la luce sorgerà.

Il coraggio di sopportare

tutto il peso del dolore,

il coraggio di navigare

verso il nostro libero mare,

il coraggio di non sostare

nella cura dell'avvenire,

il coraggio di non languire

per godere le cose care.

Nel tuo occhio sotto la pena

arde ancora la fiamma selvaggia,

abbandona la triste spiaggia

e nel mare sarai la sirena.

Se t'affidi senza timore

ben più forte saprò navigare,

se non copri la faccia al dolore

giungeremo al nostro mare.

Senia, il porto è la furia del mare,

è la furia del nembo più forte,

quando libera ride la morte

a chi libero la sfidò». -

Carsia, 2 settembre 1910

[A SENIA]

I

Le cose ch'io vidi nel fondo del mare,

i baratri oscuri, le luci lontane

e grovigli d'alghe e creature strane,

Senia, a te sola lo voglio narrare.

Ché a brevi fiate nel tempo passato

nel fondo del mare mi sono tuffato.

A dare or la patria all'esule sirena,

la patria a me stesso e all'uomo abbattuto

svelare la via del suo regno perduto,

mi voglio tuffare con più forte lena,

che ogni uom manifeste le tenebre arcane

conosca e vicine le cose lontane.

Ma quel che già vidi nel fondo del mare,

i baratri oscuri, le luci lontane

e grovigli d'alghe e creature strane,

Senia, a te sola lo voglio narrare.

II

Da te lontano, nelle notti insonni,

innanzi agli occhi dove anche io miri,

sempre ho lo slancio della tua persona

come il vento la trae della passione

e la faccia raccolta che la fiamma

nel tempo stesso vela e manifesta.

Ma se l'occhio distolgo dalla strada

arida e sola che percorro oscura

e alla diafana luce lo rivolgo

dell'imagine tua cara e lontana,

invano cerco a me farla vicina,

invano cerco trattenerla, invano

tendo le braccia: nella notte oscura

non anche io l'ho mirata ed è svanita.

E l'occhio stanco e ardente la tenèbra

pur mira densa e inesorata quale

si chiuse innanzi all'antico cantore

che a Euridice si volse ed Euridice

nella notte infernale risospinse.

Spenta ogni luce allora ed ogni via

sbarrata, allor più presso la tenèbra

mi stringe sì che il cuor ignoto orrore

m'invade, non per me se nella notte

solo io soccomba, ma per te, o compagna

forte e sicura - che pel mio piacer,

per la mia debolezza, il mio sostare

non t'abbia risospinta nella stretta

della diuturna sofferenza inerte.

Perciò se freddo e ruvido io ti sembri,

ma tu lo sai: è per vieppiù andare,

è per nutrir più vivida la fiamma,

perché un giorno risplenda nella notte,

perché possiamo un giorno fiammeggiar

liberi e uniti al porto della pace.

9 settembre 1910

III

Non sorridente sotto il sole estivo,
la faccia luminosa e gli occhi chiari
nel doppio raggio del sole e del mare -
non melodiosa in tutta la persona
nel ritmo della danza, o fiduciosa
nell'infuriar dell'onde, come quando
a me che ti chiedevo rispondevi:
«Per me non è mai tempo di tornare,
chi va sicuro non potrà affogare»,
né sbattuta dall'onda musicale
quando senza velami dai tuoi occhi
l'anima fiammeggiava e la tua vita
nelle dita sicure era raccolta -
non più così la creatura del sole,
il fiore della vita, la sorgente
ond'io le labbra asciutte dissetava,
la giovinezza quale altrove invano
per le vie della terra ho ricercata -
non più così ti vidi nel mio sonno,
quando la trama più si fa sottile
e all'anima più pura inverso l'alba
rivela il sogno le cose lontane.
Ma ripiegata in piccolo sedile,
come un uccello che ferito a morte
l'ultima vita con l'ali ripara,
d'un velo bianco ti facevi schermo

al freddo e alla vicina fredda morte;

e in faccia era svanito ogni colore,

ogni scintilla spenta, e nelle occhiaie

oscure gli occhi t'eran fatti cavi.

Io ti parlavo e tu non rispondevi,

ma pur col bianco vel t'adoperavi

di riparare l'ultimo calore.

T'ero vicino e tu non mi vedevi,

ma nella morte già eri raccolta

ed alla morte come ad un riposo

stanca le membra e i veli disponevi,

con moto lento, come di chi ascolta

d'una squilla lontana il misterioso

annunzio noto, ch'altri non intende.

Così m'eri distolta e la mia vita

invano sanguinava per ridare

a te la vita che s'era partita:

con le mani non ti potea scaldare,

con la voce non ti potea svegliare.

Come da lungi nel plumbeo mare

che si fonde col cielo vela bianca

non più in mare che in cielo navigare

sembra, così pur l'anima tua stanca

era già della morte ed era in vita,

t'era fatta la vita sol dolore,

poiché in te la passione era svanita,

ma sulla faccia il pallido terrore

t'era dipinto e t'era chiuso il core.

Ahi, non questa sognammo amara morte

nel suo pallido aspetto pauroso,

questa che va a picchiar tutte le porte

e ai morti dalla nascita il riposo

finge nel tempo eterno e tenebroso,

ma la giovane morte che sorride

a chi per la sua cura non la teme,

la morte che congiunge e non divide

la compagna e il compagno e non li preme

con l'oscuro dolore - ma che insieme

li accoglie nel suo seno, come il porto

di pace chi ha saputo navigare

nel mar selvaggio, nel deserto mare,

che a terra non s'è vòlto per conforto.

Rimprovero m'è il sogno e non spavento,

perch'io m'attardo mentre tu languisci;

s'io vinco certo così non perisci.

Questo sogno m'è sferza all'ardimento.

10 settembre 1910

IV

Dato ho la vela al vento e in mezzo all'onde

del mar selvaggio, nella notte oscura,

solo, in fragile nave ho abbandonato

il porto della sicurezza inerte.

Al mare aperto drizzata ho la prora

per navigare, ed alla sorte oscura

la forza del mio braccio ho contrapposta.

Non ho temuto il vento avverso e l'onda

canuta, né la mensa famigliare

e l'usato giaciglio

ho rimpianto o il commercio delle care

e dolci cose. Né deserto e triste

m'è apparso il mar sonante nella notte,

anzi la voce sua come un appello

mi sonò in cor della mia stessa vita;

mi parve dolce cosa naufragare

nel seno ondoso che col ciel confina,

né temuta ho la morte...

Alla punta del golfo donde il mare

s'apre libero e vasto senza fine

tu m'attendi sicura e fiduciosa,

le vesti al vento, ritta sullo scoglio.

Costeggiar mi conviene la scogliera

per uscire dal golfo, quindi uniti

navigheremo, poiché a me t'affidi:

sì breve tratto da te mi divide

e dal libero mar sì breve tratto!

- Ma perch'io tenti la bordata e tenda

la vela al vento, pur l'inerte chiglia

non fende l'onda, ch'ora sulle creste

spumanti, or negli abissi, or sur un bordo

or sull'altro la trae senza riposo.

E se l'albero gema, se la scotta

a spezzarsi si tenda, e nella vela

ingolfandosi il vento il mio naviglio

minacci di sommergere, pur sempre

alla stessa distanza io mi ritrovo

dalla punta agognata. Col timone

io m'adopero invano al mare aperto

dirizzare la prora: a chiglia inerte

il timone non giova.

Il vento e l'onde intanto lentamente

come un rottame verso la scogliera

mi spingono a rovina senza scampo.

Ch'io debba naufragar senza lottare

fra la miseria dei battuti scogli,

presso al porto esecrato, come un vile,

senza esser giunto al mare, e te lasciando

sola e distrutta dopo il sogno infranto

fra le stesse miserie?

Gorizia, 15 settembre 1910

V

Se mi trovo fra gli uomini talvolta,

qualunque cosa io parli, la mia voce

mi par che solo il nome tuo richiami.

Io taccio allora e aspetto trepidando

ch'altri con bocca impura a questa voce

risponda, e del mio bene ascoso mi discorra;

e se pur d'altre cose memorando

mi parlano con voce indifferente,

ma nel loro sorriso, ma negli occhi

mi par d'intravedere ch'altra cosa

vogliono dire, che nel cor profondo

sì mi ferisce. Che da ogni mio gesto,

che dal volto mi par ch'altri mi legga

il pensiero di te che sei lontana.

Dal commercio degli uomini rifuggo

allora alla campagna solitaria

o alla mia stanza solitaria e solo

tutto in me mi raccolgo; ma nell'aria,

nel canto degli uccelli e nell'uguale

mormorare dell'acqua, dalle ripe

alte del fiume e pur dalle pareti

della mia ignuda stanza, a piena voce

il tuo nome riecheggia al mio silenzio,

sì che palese a ognuno e manifesta

del tutto, al volgo preda senza schermo,

parmi l'anima mia nel suo segreto.

Ed il sogno che nasce palpitante,

la «storia» che non soffre le parole

ma vuol esser vissuta, il più profondo

e caro senso della nostra vita,

che pur uniti e soli sotto il velo

di parole comuni nascondiamo,

d'atti comuni, con gelosa cura

nascondiamo a noi stessi, ora del volgo

mi par fatto preda contaminata.

Nei giorni del dolore e nelle notti

senza riposo, nella valle triste

della sorda fatica e del tormento

senza speranza, nel mio dubitare

cieco, quando l'abisso dell'inerzia,

dell'abbandono m'era aperto ai piedi,

allor fioca scintilla io l'allevava

il mio sogno lontano, ancor ch'io fossi

d'ogni certa speranza privo al tutto;

ma da quello una vena mi fluiva

di forza che nel mezzo delle cose

vane e volgari, delle ottuse cure,

indifferente mi facea e sicuro,

e al dolor mi temprava e ogni timore

del mio stesso soffrir, ogni ricerca

di premi, di riposo, di conforto

ogni viltà dal cuore mi toglieva.

Dal più profondo della mia distretta,

nella mente più oscura quella fiamma

mi era sorta, caduta ogni speranza,

e la risposta al tanto faticare

di richieste alla vita per lei chiara

mi rifulgeva: «Non chieder più nulla,

sappi goder del tuo stesso dolore,

non adattarti per fuggir la morte;

anzi da te la vita nel deserto

fatti - che sia per gli altri nuova vita;

non disperare, ma rinuncia ai vani

aspetti della vita, e nel deserto

sarai tranquillo: dalla tua rinuncia

rifulgerà il tuo atto vittorioso,

ΑΡΓΙΑ sarà il tuo porto ΔΙ'ΕΝΕΡΓΕΙΑΣ».

E sentii la mia vita fiammeggiare

ed il deserto farsi popoloso,

credetti fosse giunto il luminoso

mio giorno nella notte e consumare

quella fiamma mi parve la mia vita.

Ma per più lunga strada il mio destino

mi volse a far cammino: e vivo ancora

mi trovai nel fittizio riposo,

ma a te vicino per più forte andare;

in te concreta vidi la mia fiamma,

in te il mio sogno fatto era vicino

e la mia vita più certa: ogni ritorno,

ogni vile riposo, ogni timore

era morto per me. - Nel mare ondoso,

sulla brulla costiera solitaria,

sotto la forte quercia, a me vicina

io t'ho sentita siccome nel sogno. -

Non Argia ma Senia io t'ho chiamata,

per non sostar nel facile riposo,

e la lingua la fiamma consacrata

con le parole non contaminò.

Pur or mi trovo ancora nella nebbia

e il camminar m'è vano e la fatica

novellamente mi si fa penosa.

Io sento me da me fatto diverso,

se pur vicina ti sento lontana

ancora come un tempo, e la mia fiamma

geme che pur rifulse nella notte

per sua forza, sicura. Nelle tante

piccole e vane cose nuovamente

io mi dissolvo; nell'oscuro giro

della diuturna noia il nostro sogno

parmi tradito e per ignote voci

con parole di scherno messo a nudo,

pesato, misurato, confrontato...

Come se ignote mani il focolare

andassero scrutando ingordamente,

e alle ceneri insieme le faville

disperdessero al vento...

L'angoscia di non giungere alla vita

e di perire dell'oscura morte

te trascinando nell'abisso, Senia,

mi prende forte sì che dubitoso

mi son fatto di me, che non sopporto

le mie stesse parole, e di me stesso

invincibile nausea m'opprime.

Gorizia, 19 settembre 1910

VI

Ti son vicino e tu mi sei lontana,

mi guardi e non mi vedi, o s'io ti parlo,

pur amando ascolti, non però m'intendi;

ti sono questo corpo e questi suoni,

ti sono un nome, ti son un dei tanti,

come un altro sarebbe

che per nome e per vista conoscessi.

Io non sono per te «io», la mia vita,

io, questa mia volontà più forte,

Il mio sogno, il mio mondo, il mio destino.

Io non sono per te: questo mio amore

disperato e lontano e doloroso

- gli passi accanto e non lo senti amare.

Ma ancor fra gli altri uomini t'aggiri,

con questo parli ed a quello t'affidi,

fra lor vivi e per lor, s'anco a nessuno

dai la tua speme intera e la fiducia.

Ma fra l'oggi e il domani e questo e quello

ti dissolvi, e trapassi senza sole

la tua selvaggia e forte giovinezza,

e la tua speme consumando ignara

sei di te stessa - ed io mi struggo invano.

Mentre mi vince gelosia crudele

non pur di questo giovane e di quello

cui lo sguardo concedi o la parola,

ma d'ogni cosa che ti sia vicina,

ma del sole, dell'aria, ma del pane,

ché di loro ti nutri e a me sei tolta;

gelosia d'ogni giorno, d'ogni istante,

che vivi, che non vivi di me solo,

che l'aria e il pane e il sole, che ogni cosa,

che il mondo intero, che la vita stessa

vorrei esser per te - ma tu l'ignori.

VII

Parlarti? e pria che tolta per la vita

mi sii, del tutto prenderti? - che giova?

che giova, se del tutto io t'ho perduta

quando mia tu non fosti il giorno stesso

che c'incontrammo? Che se pur t'avessi

ora, vincendo, mia per il futuro,

mia per diritto, mia per tuo volere,

mia non saresti più che non sei ora,

mia non saresti più che s'altra mano

ti possedesse. Che pur del mio corpo

sarei geloso come or son d'altrui.

Non più sarei per te la vita intera

ch'ora non sono, se già in me non l'ami:

ma se in me non l'ami, se tua vita

crear non so della mia vita stessa,

che più giova sperar, che più volere,

che mi giova la vita e il mio dolore

e questo amor lontano e disperato?

Fatto sono da me stesso diverso

che centra il fato mi dicevo forte,

poiché ho esperta e ancor vivo ad ogni istante

nella tua indifferenza la mia morte.

Né più mi giova mendicare i giorni

né chieder altro più dal dio nemico,

se non che faccia mia morte finita.

ALL'ISONZO

Dalle nevose gole, dai torbidi

monti lontani con lena rabida,

con aspro sibilo soffia la raffica,

rompe la densa greve nebbia,

stringe le basse grigie nubi

e le respinge in onde gravide.

Passa radendo sui pioppi tremoli

- sul nero piano incombe il peso

della ciclopica lotta dell'etere.

Ma a lei più forte risponde l'impeto

selvaggio e giovine del fiume rapido

cui le corrose ripe trattengono:

il suo possente muggito al sibilo

della procella commesce e il vivido

chiaror del lontano sereno

riflette livido, nell'onda torbida.

E al mar l'annuncio porta della lotta

che nebbia e vento nel ciel combattono,

al mar l'annuncio porta del tumulto

che in cor m'infuria quando la nausea,

quando il torpore, il dubbio, l'abbandono

per la tua vista, Argia, più fervido

l'ardir combatte e sogna il mare libero.

Notte del 22 settembre 1910